Das magische Baumhaus junior

Mary Pope Osborne

Das Geheimnis der Delfine

Bisher erschienen:

Band 1: Abenteuer bei den Dinosauriern
Band 2: Auf der Spur der Ritter
Band 3: Die rätselhafte Mumie
Band 4: Suche nach dem Piratenschatz
Band 5: Das Geheimnis der Ninjas
Band 6: Verborgen im Dschungel
Band 7: Gefahr für das Mammut
Band 8: Die verlassene Mondstation
Band 9: Das Geheimnis der Delfine
Band 10: Ritt durch den Wilden Westen
Band 11: Im Reich der Löwen
Band 12: Rettung für die kleinen Eisbären
Band 13: Der große Vulkanausbruch
Band 14: Gefahr im Drachenreich
Band 15: Abenteuer bei den Wikingern
Band 16: Auf dem Pfad der Indianer
Band 17: Auf der Spur des Tigers
Band 18: Kleines Känguru in Gefahr

Mary Pope Osborne

Das magische Baumhaus junior

Das Geheimnis der Delfine

Aus dem Amerikanischen
übersetzt von Sabine Rahn
Illustriert von Jutta Knipping

Loewe

FSC
www.fsc.org
MIX
Papier aus verantwortungsvollen Quellen
FSC® C018236

ISBN 978-3-7855-8757-7
Überarbeitete Neuausgabe des Titels *Der Ruf der Delfine*
3. Auflage 2019

Erschienen unter dem Originaltitel *Dolphins at Daybreak*

Erschienen in der Originalserie *Magic Tree House*™
Magic Tree House™ ist eine Trademark von Mary Pope Osborne,
die der Originalverlag in Lizenz verwendet.
Veröffentlicht mit Genehmigung des Originalverlags, Random House Children's Books,
a division of Random House, LLC.
Aus dem Amerikanischen übersetzt von Sabine Rahn
Illustrationen: Jutta Knipping
Umschlaggestaltung: Michael Dietrich
Printed in the EU

www.dasmagischebaumhaus.de
www.loewe-verlag.de

Inhalt

Meister-Bibliothekare

Die Sonne war noch nicht aufgegangen. Doch der Himmel wurde bereits etwas heller.

Philipp war schon lange wach. Er hatte über seinen Traum von letzter Nacht nachgedacht.

„Das Baumhaus ist wieder da“, hatte Morgan im Traum zu ihm gesagt. „Ich warte auf euch.“

Philipp wünschte sich, dass Träume wahr werden könnten. Morgans magisches Baumhaus fehlte ihm sehr.

„Philipp!“ Seine Schwester Anne stand plötzlich in der Tür. „Wir müssen in den Wald. Sofort!“, sagte sie.

„Warum?“, wollte Philipp wissen.

„Ich habe von Morgan geträumt!“, antwortete Anne mit strahlenden Augen. „Sie hat mir im Traum gesagt, das Baumhaus sei wieder da und sie warte auf uns!“

„Hey, das habe ich auch geträumt“, sagte Philipp verblüfft.

„Wirklich?“, fragte Anne. „Dann muss es ja um etwas sehr Wichtiges gehen.“

Sie öffnete die Hintertür.

„Warte! Ich komme mit!“, rief Philipp.

Er schnappte sich seinen Rucksack und warf rasch sein Notizbuch und einen Stift hinein.

„Wir sind bald zurück, Mama!“, rief Philipp ins Wohnzimmer.

„Wohin wollt ihr denn schon so früh?“, fragte sein Vater verwundert.

„Nur ein bisschen spazieren gehen“, antwortete Philipp.

„Vergangene Nacht hat es geregnet“, meinte seine Mutter. „Passt auf, dass ihr keine nassen Schuhe bekommt.“

„Ja, ja, wir passen auf!“

Und schon war Philipp zur Tür hinausgestürmt.

Bald kamen sie bei der höchsten Eiche im ganzen Wald an. Ganz oben in ihrem Wipfel war das Baumhaus.

„Es ist wieder da!“, flüsterte Philipp überglücklich.

Jemand schaute zum Fenster des Baumhauses heraus – eine reizende alte Dame mit langen weißen Haaren. Morgan.

„Kommt herauf!“, rief ihnen die Zauberin und Bibliothekarin zu.

Philipp und Anne kletterten die Strickleiter hinauf ins Baumhaus.

„Wir haben beide von Ihnen geträumt!“, sagte Anne.

„Ich weiß“, antwortete Morgan. „Ich habe euch den Traum doch geschickt. Weil ich eure Hilfe brauche. Merlin der Zauberer arbeitet wieder mit seinen alten Tricks“, sagte Morgan. „Deshalb hatte ich in den letzten Wochen leider keine Zeit mehr, neue Bücher für die Bibliothek von Camelot zu sammeln.“

„Können wir sie nicht für Sie sammeln?“, fragte Anne.

„Ja, aber damit ihr mit den Büchern durch die Zeit reisen könnt, müsst ihr Meister-Bibliothekare werden“, erklärte Morgan. „Ihr müsst nur den Test bestehen.“

„Was für einen Test?“, erkundigte sich Philipp.

„Ihr müsst unter Beweis stellen, dass ihr Nachforschungen anstellen könnt“, erläuterte Morgan. „Und zeigen, dass ihr auch für schwierige Rätsel die Lösung findet.“

„Und wie?“, wollte Anne wissen.

„Indem ihr vier Rätsel löst“, antwortete Morgan. Sie zog eine Schriftrolle aus der Tasche ihres Kleides.

„Das erste Rätsel steht auf dieser alten Schriftrolle“, sagte sie. „Und dieses Buch hier wird euch helfen, die richtige Antwort zu finden.“

Sie reichte ihnen ein Buch. Auf dem Umschlag stand: *Ozeanführer.*

„Woher wissen wir, wann wir die richtige Antwort gefunden haben?“, fragte Philipp.

„Ihr werdet es merken“, antwortete Morgan geheimnisvoll.

Anne zeigte auf den Umschlag des Buches. „Ich wünschte, wir wären dort.“

Der Wind begann zu blasen und das Baumhaus fing an, sich zu drehen.

Philipp machte ganz fest die Augen zu.

Das Baumhaus drehte sich immer schneller.

Dann war alles wieder ruhig. Vollkommen ruhig.

Philipp machte die Augen auf.

Morgan war verschwunden.

An der Stelle, an der sie eben gestanden hatte, lagen nur noch die Schriftrolle und das Ozean-Buch.

Das Riff

Eine sanfte Brise wehte zum Fenster herein. Wellen plätscherten ans Ufer.

Anne nahm die Schriftrolle zur Hand und rollte sie auseinander. Dann lasen sie und Philipp zusammen das Rätsel:

Bin wie ein Stein so rau,
so unscheinbar und grau.
Doch in mir liegt große Schönheit versteckt,
wer sie wohl zuerst entdeckt?
Was bin ich?

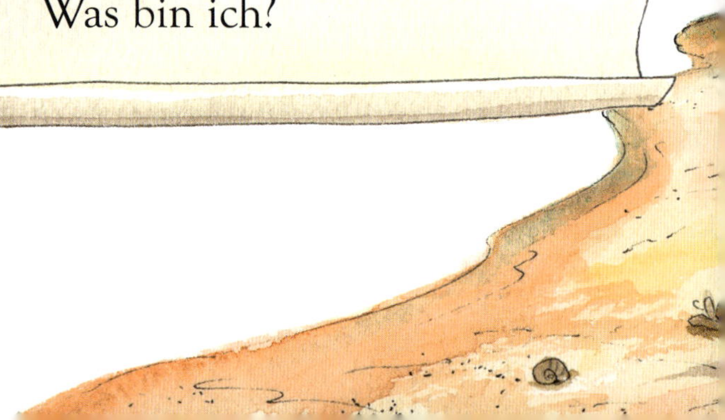

„Das werden wir herausfinden!“, sagte Anne. Sie und Philipp blickten zum Fenster hinaus. Das Baumhaus war nicht auf einem Baum gelandet. Es stand auf dem Boden. Anne kletterte hinaus.

Philipp blätterte in dem Ozean-Buch. Bald schon hatte er das Bild einer rosafarbenen Insel entdeckt, umgeben von türkisfarbenem Wasser. Unter dem Bild stand:

> Korallen sind winzige Meerestierchen, deren Skelette nach ihrem Tod erhalten bleiben. Im Laufe vieler Jahrzehnte bilden sich aus diesen Skeletten große Korallenriffe.

„Oh Mann!“, rief Philipp. Er zog sein Notizbuch hervor und schrieb:

„Philipp! Komm schnell! Das musst du dir ansehen!“, rief Anne von draußen.

Philipp warf sein Notizbuch und den Ozeanführer in den Rucksack. Dann kletterte er aus dem Fenster.

Anne stand am Ufer neben einer merkwürdig aussehenden Maschine. Das Gerät befand sich zu einer Hälfte auf dem Riff, zur anderen Hälfte im Wasser. Es sah aus wie eine riesige gelbe Blase mit einem großen Fenster.

„Ist das ein Boot?“, fragte Anne.

Philipp entdeckte eine Abbildung des Geräts in seinem Ozeanführer. Er las vor:

Wissenschaftler, die die Ozeane erforschen, werden Ozeanografen genannt. Manchmal fahren sie mit kleinen Unterwasserfahrzeugen, auch „Mini-U-Boote“ genannt, über den Meeresboden, um ihn zu erforschen.

„Es ist ein Mini-U-Boot“, erklärte Philipp und holte sein Notizbuch heraus.

„Komm, steigen wir ein“, sagte Anne.

„Nein!“, rief Philipp entsetzt. Natürlich hätte auch er gerne gewusst, wie so ein U-Boot von innen aussah. Doch er schüttelte den Kopf. „Das dürfen wir nicht.“

„Ach, komm, wir werfen doch nur einen Blick hinein“, sagte Anne. „Vielleicht hilft uns das bei der Lösung des Rätsels.“

Philipp seufzte. „Na schön. Aber nichts anfassen!“, sagte er warnend.

„Keine Angst“, versprach ihm Anne.

Sie zogen sich Schuhe und Strümpfe aus und warfen sie hinter sich in Richtung Baumhaus. Dann tapsten sie vorsichtig über das Korallenriff.

Anne drehte den Griff an der Luke des Unterseeboots. Die Tür ließ sich mühelos öffnen. Sie und Philipp kletterten hinein und hinter ihnen schlug die Luke zu.

Gegenüber dem großen Fenster befanden sich zwei Sitze, vor denen ein Schaltbrett mit einem eingebauten Computer angebracht war.

„Hoppla!“, rief Anne überrascht.

„Was ist los?“ Philipp blickte auf.

Aufgeregt deutete Anne auf den Computer-Bildschirm. Auf ihm war plötzlich eine Landkarte zu sehen.

„Was hast du gemacht?“, fragte Philipp.

„Ich? Nichts … Ich habe nur ein paar Tasten gedrückt“, sagte Anne kleinlaut.

„Was? Ich hatte dir doch gesagt, dass wir nichts anfassen dürfen!“, schimpfte Philipp.

Das Mini-U-Boot machte einen Satz rückwärts.

„Nichts wie raus hier!“, rief Philipp.

Doch es war bereits zu spät. Das Mini-U-Boot glitt langsam vom Riff. Dann versank es lautlos in den Tiefen des Meeres.

Das Mini-U-Boot

„Was genau hast du gemacht?“, fragte er.

„Ich habe nur auf den Knopf gedrückt, auf dem AN steht“, sagte Anne. „Dann ist der Bildschirm hell geworden. Und dann habe ich den Seestern angeklickt.“

„Das muss der Befehl sein, unter Wasser zu gehen“, sagte Philipp.

„Ja. Und als Nächstes war diese Karte zu sehen“, fuhr Anne fort.

„Okay. Das ist eine Karte des Riffs“, stellte Philipp fest. „Schau! Das Mini-U-Boot ist auch auf der Karte zu sehen.“

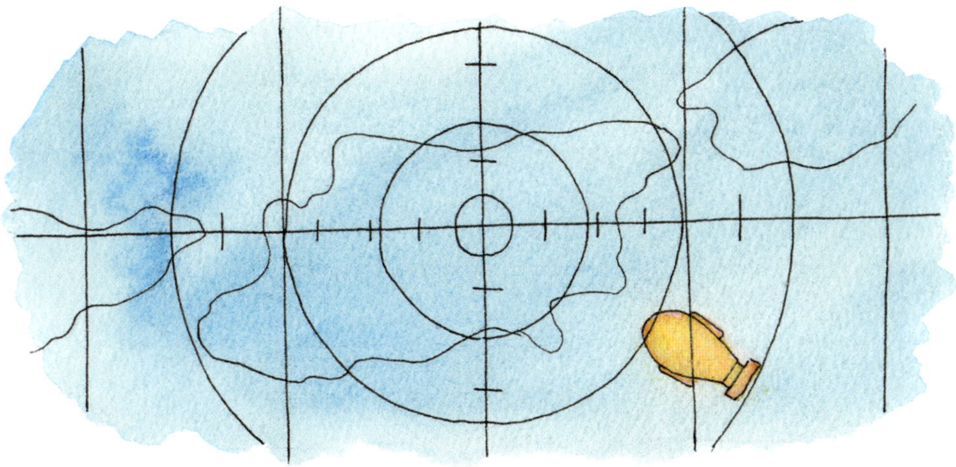

„Das ist ja wie bei einem Computerspiel“, sagte Anne.

Sie drückte auf die Taste, auf der ein nach rechts zeigender Pfeil abgebildet war. Das Mini-U-Boot auf dem Bildschirm bewegte sich nach rechts. Auch das echte Mini-U-Boot bewegte sich nach rechts.

„Super!“, sagte Philipp erleichtert. „Mit diesen Pfeilen kann man das U-Boot lenken. Dann können wir jetzt ja wieder umkehren.“

„Nein, noch nicht“, widersprach Anne. „Es ist so wunderschön hier unten.“

„Wir müssen zum Riff zurück“, erklärte Philipp. Seine Augen waren noch immer auf den Bildschirm geheftet.

„Schau doch endlich mal hinaus!“, sagte Anne.

Philipp seufzte und blickte auf. „Oh Mann!“, sagte er leise.

Vor dem Fenster war eine verzauberte, farbenprächtige Welt zu sehen. Das Mini-U-Boot glitt an roten, gelben und blauen Korallen vorbei und an Fischen aller Arten und Farben.

„Die Antwort auf Morgans Rätsel kann nur hier zu finden sein“, sagte Anne.

Philipp nickte. „Vielleicht hat Anne recht“, dachte er. Und außerdem – wann würden sie jemals wieder an einem so märchenhaften Ort sein?

Bei den Fischen

Überall waren Fische zu sehen: Sie glitten über sanft wogendes Seegras hinweg und lugten zwischen Korallen hervor. Manche Korallenarten sahen aus wie blaue Finger oder Spitzenfächer. Andere erinnerten an ein Geweih, einen Pilz oder einen Baum.

Philipp las in dem Ozeanführer nach:

Korallenriffe findet man nur in tropischen Gewässern. In der Nähe der Korallenriffe im Indischen und Pazifischen Ozean gibt es nahezu 5000 verschiedene Fischarten.

„Schau nur!“, rief Anne in diesem Augenblick.

Das U-Boot glitt gerade an einem riesigen Seestern vorbei. Dann an einer rosafarbenen Qualle sowie an einem blauen Seepferdchen.

„Delfine!“, rief Anne plötzlich.

Zwei Delfine starrten zum Fenster herein. Sie klopften mit ihren Nasen an die Scheibe. Ihre Augen schimmerten hell. Sie schienen zu lächeln.

Philipp musste kichern. „Ich komme mir vor, als säßen wir in einem Aquarium und sie schauten uns an!“, sagte er.

„Die beiden heißen Sukie und Sam“, erklärte Anne. „Hier, ein Küsschen für dich, Sukie“, sagte sie. Sie drückte ihre Lippen an die Scheibe, als wolle sie dem Delfin einen Kuss auf die Nase geben.

„Oh Mann“, sagte Philipp kopfschüttelnd.

Doch der Delfin öffnete den Mund und warf den Kopf zurück. Er schien zu lachen. Dann schlug er mit der Schwanzflosse. Er und sein Gefährte kehrten um und schwammen im türkisblauen Wasser davon.

„Auch für uns ist es Zeit zu gehen“, sagte Philipp.

„Aber wir haben das Rätsel noch nicht gelöst“, gab Anne zu bedenken.

Angestrengt starrte Philipp auf die farbenprächtige Unterwasserwelt.

„Ich kann da draußen keine Lösung sehen“, sagte er.

„Dann müssen wir die Lösung vielleicht hier im U-Boot suchen“, meinte Anne.

„Ich sehe mal im Computer nach“, sagte Philipp und klickte das Bildchen mit dem Buch an.

Das Wort LOGBUCH blitzte auf.

Zwei Augen

„Was ist ein Logbuch?“, fragte Anne.

„Eine Art Tagebuch von einer Seereise“, antwortete Philipp und las den ersten Eintrag:

MONTAG, 5. JULI

„Hey, das war ja letzte Woche“, sagte Philipp. Er las weiter:

GESTEINS- UND MUSCHELPROBEN EINGESAMMELT
MEERESBODEN KARTOGRAFISCH ERFASST
WINZIGEN RISS IM BOOTSRUMPF ENTDECKT

„Das ist ja so ähnlich wie dein Notizbuch“, sagte Anne.

„Stimmt, der Ozeanograf hat seine Notizen hier im Computer aufgezeichnet“, meinte Philipp.

Gespannt lasen Philipp und Anne weiter:

DIENSTAG, 6. JULI
RISS HAT SICH VERGRÖSSERT
BALDIGE RÜCKKEHR ZUM RIFF UNERLÄSSLICH

„Welcher Riss?“, fragte Anne.

„Keine Ahnung“, antwortete Philipp und zuckte mit den Schultern. Er las weiter:

MITTWOCH, 7. JULI
WEITERE WINZIGE RISSE
REPARATUR UNMÖGLICH
NOCH HEUTE RÜCKKEHR ZUM RIFF

„Oh, das hört sich nicht gut an“, sagte Philipp und las weiter:

DONNERSTAG, 8. JULI
U-BOOT DEFEKT
RÜCKKEHR ZUM RIFF
HUBSCHRAUBER ANFORDERN, DER DAS BOOT
ZUM SCHROTTPLATZ BRINGT

„Defekt bedeutet kaputt, oder?“, fragte Anne.

„Ja“, bestätigte Philipp.

„Dann ist dieses Boot hier also kaputt?“, fuhr Anne fort.

„Ja“, antwortete Philipp. „Wir müssen auf der Stelle umkehren!“

„Versuchen wir es mal mit dem Bildchen mit den Wellen“, schlug Anne vor.

Und schon klickte sie das Bildchen auf dem Bildschirm an.

Das Mini-U-Boot begann, langsam aufzusteigen.

„Oh, gut“, sagte Philipp erleichtert.

„Oh!“, sagte Anne auf einmal atemlos.

Hinter einer großen Wasserpflanze waren zwei riesige Augen zu sehen. Das U-Boot glitt an dem riesigen Gewächs vorbei.

Gebannt blickten Philipp und Anne zu der Pflanze zurück. Und genau in diesem Augenblick tauchte ein langer Arm auf. Dann ein weiterer Arm. Und dann noch einer … und noch einer … und noch einer … und noch einer … und noch einer … und noch einer!

Philipp und Anne starrten voller Entsetzen auf einen Riesenkraken.

Langsam kam der Riesenkrake durch das Wasser geglitten. Seine acht langen Fangarme griffen nach dem Mini-U-Boot.

K-N-A-C-K-S!

Der Riesenkrake umschlang das Mini-U-Boot mit allen acht Fangarmen. An jedem Fangarm hatte er zwei Reihen von Saugnäpfen. Diese Saugnäpfe klebten am Fenster. Das Mini-U-Boot konnte sich nun nicht mehr von der Stelle bewegen.

Der Riesenkrake starrte Philipp und Anne mit seinen großen, fast menschlich aussehenden Augen an.

„Ich glaube nicht, dass er uns etwas tun will“, flüsterte Anne. „Er ist bestimmt nur neugierig.“

„Das … das werde ich nachprüfen“, sagte Philipp.

Seine Hand zitterte leicht, als er den Ozeanführer durchblätterte. Schließlich entdeckte er die Abbildung eines Riesenkraken und las vor:

Riesenkraken sind eher freundliche, scheue Wesen. Doch manchmal siegt ihre Neugier und sie trauen sich aus ihrem Versteck hervor.

„Ah, siehst du, er ist nur scheu", sagte Anne.

Philipp las weiter:

Die Riesenkraken sind sehr kräftig. Am Ende ihrer Fangarme, auch Tentakel genannt, sitzen zahlreiche Saugnäpfe. Einen Gegenstand aus ihrer Umklammerung zu befreien, ist fast unmöglich.

„Na super", stöhnte Philipp. „Den werden wir nie mehr los."

In diesem Augenblick spürte er einen Tropfen auf seinen Arm fallen und blickte hoch an die Decke. Dort war ein dünner Riss zu sehen. Und von diesem dünnen Riss zweigten weitere kleinere Risse ab, aus denen Wasser tropfte.

„Oh, jetzt haben wir die Risse entdeckt", sagte Anne.

„Der Krake muss uns sofort loslassen! Bevor die Decke noch ganz einbricht!", rief Philipp.

„Lass uns los, bitte!", rief Anne dem Kraken zu.

Die riesige Kreatur blinzelte, als versuche sie, Anne zu verstehen.

„Lass das, Anne", sagte Philipp. „Dem Kraken ist doch völlig egal, was du sagst."

Der Krake blinzelte nun Philipp an.
„Verschwinde endlich!“, brüllte Philipp ihn an. „Und zwar sofort! Verstanden?“
Der Riesenkrake spritzte eine Wolke schwarzer Flüssigkeit ins Wasser und verschwand darin. Seine langen Tentakel bewegten sich träge durch das Wasser.
Das Mini-U-Boot begann, langsam wieder aufzusteigen.

„Du hast ihn beleidigt“, sagte Anne.

„Das glaube ich nicht …“, meinte Philipp geistesabwesend. Ihm schoss gerade ein anderer Gedanke durch den Kopf.

Er blickte noch einmal in seinen Ozeanführer. Und las mit Schrecken:

Zur Abschreckung von Feinden verspritzen Tintenfische und Kraken schwarze Tinte. Ihre Hauptfeinde sind Haie.

„Oh nein“, stammelte Philipp. Er blickte zum Fenster hinaus. Das Wasser war inzwischen wieder klar.

Doch eine noch undeutliche Gestalt näherte sich nun ihrem U-Boot. Der Fisch, der näher kam, war größer als die Delfine vorhin. Und er hatte einen äußerst merkwürdig geformten Kopf.

Philipp blieb vor Schreck fast das Herz stehen.

„Ein Hammerhai“, sagte er fast atemlos. „Nun sitzen wir echt in der Tinte.“

Ruhe bewahren!

Der Hai schwamm hinter den Korallenstock.

„Wo ist er hin?“, fragte Anne und starrte zum Fenster hinaus.

„Das spielt keine Rolle“, antwortete Philipp. „Wir müssen so schnell wie möglich auftauchen.“

Philipp blickte nach oben. Inzwischen tropfte das Wasser nicht mehr, es plätscherte geradezu.

„Nur noch wenige Sekunden“, sagte Philipp. Da schoss das Mini-U-Boot auch schon aus dem Wasser.

„Wir sind gerettet!“, rief Anne erleichtert.

Das Wasser im U-Boot schwappte schon um Philipps nackte Füße.

„Ich weiß nicht …“, sagte er.

„Oje“, sagte Anne. „Der Krake muss auch Risse in den Boden gedrückt haben.“

Das Wasser stand ihnen inzwischen bis zu den Knöcheln.

Philipp sah nach draußen. In der Ferne konnte er das Riff erkennen.

„Wir können es schaffen“, sagte er. „Es ist nicht mehr weit.“

„Los, beeil dich, Boot!“, drängte Anne. Doch auf einmal erlosch der Bildschirm.

„Was ist passiert?“, fragte Philipp.

„Er ist abgestürzt“, stellte Anne entsetzt fest und schaute sich um.

Das Wasser stand ihnen inzwischen bis zum Knie.

„Ich fürchte, wir müssen schwimmen“, sagte Philipp.

„Gut, dass wir diesen Sommer schon Schwimmunterricht hatten“, sagte Anne.

„Stimmt“, sagte Philipp. „Schlecht ist nur, dass wir vorhin einen Hai gesehen haben.“

Rasch entdeckte Philipp das Foto eines Hais in seinem Buch und las vor:

> Sollte man im Meer auf einen Hai stoßen, keine aufgeregten Bewegungen machen. Es ist ratsam, ganz ruhig davonzuschwimmen.

Philipp schlug das Buch wieder zu. „Bleib dicht neben mir“, sagte er.

„Mach ich“, versprach Anne. Sie öffnete die Luke und verließ das U-Boot.

Philipp hielt sich die Nase zu. Dann ließ auch er sich ins Wasser gleiten.

Schwimm um dein Leben!

Langsam bewegte Philipp Arme und Beine. Anne schwamm neben ihm. Ihre Augen waren auf das Riff gerichtet, das unmittelbar vor ihnen lag.

Alles war ruhig und friedlich.

Doch auf einmal glaubte Philipp aus den Augenwinkeln etwas zu erkennen. Er wandte den Kopf.

Eine dunkle Flosse kam im Zickzackkurs durch das Wasser geschossen. Direkt auf sie zu!

Am liebsten hätte Philipp um sich geschlagen und vor Angst gebrüllt. Doch er sagte sich: „Ruhe bewahren!“ Und dann dachte er:

„Ich sage Anne lieber nichts davon. Es ist sicher besser, wenn sie es nicht weiß.“

Philipp hatte solche Angst, dass er kein bisschen müde wurde. Er schwamm um sein Leben und um das Leben seiner Schwester. Auch Anne schwamm immer schneller.

Philipp blickte nicht zurück, um zu sehen, ob der Hai noch da war. Er hatte die Augen fest auf das Baumhaus in der Ferne gerichtet. Doch es schien ewig zu dauern, bis es endlich näher kam.

Tapfer schwamm Philipp weiter, aber seine Arme und Beine wurden immer schwerer. Auch Anne war erschöpft.

„Leg dich auf den Rücken und lass dich treiben!“, rief sie zu ihm herüber.

Sie legten sich auf den Rücken und ließen sich treiben, so, wie sie es im Schwimmkurs gelernt hatten. Doch je länger Philipp sich treiben ließ, desto müder wurde er. Er spürte, wie sein Körper langsam sank.

Auf einmal spürte er noch etwas anderes.

Unter Wasser hatte ihn etwas angestoßen. Sein Herz blieb fast stehen.

Dieses Etwas fühlte sich glatt und lebendig an. Hatte der Hammerhai sie eingeholt?

Philipp schloss die Augen und rechnete mit dem Schlimmsten. Doch nichts geschah. Nach einer Weile machte er die Augen wieder auf.

Vor sich sah er einen schimmernden grauen Kopf – den Kopf eines Delfins!

Der Delfin schob Philipp mit seiner Nase an.

„Und los!“, rief Anne.

Philipp drehte den Kopf. Seine Schwester hatte sich an die Rückenflosse eines anderen Delfins geklammert. Dieser zog sie nun durch das Wasser.

Philipp hielt sich an der Rückenflosse seines Delfins fest.

Die beiden Tiere glitten mühelos und flink durchs Wasser und zogen Philipp und Anne in Richtung Riff.

Autsch!

Philipp fühlte sich jetzt wohl und sicher.

Die Delfine wurden langsamer, als sie sich dem Riff näherten. Philipp streckte die Beine nach unten und spürte den Meeresboden unter sich. Er ließ die Rückenflosse des Delfins los und schon stand er im seichten Wasser.

Auch Anne konnte jetzt stehen. Mit strahlendem Gesicht schlang sie die Arme um ihren Delfin.

„Herzlichen Dank, Sukie!", rief sie. Dann drückte sie ihrem Delfin noch einen Kuss auf die Nase.

Sukie machte ein zufriedenes Klick-Geräusch.

„Gib deinem Sam auch ein Küsschen!“, sagte Anne zu Philipp.

„Du spinnst“, sagte Philipp.

Doch Sam rieb seine Nase an Philipps Kopf. Da konnte Philipp nicht länger widerstehen. Er legte die Arme um den Delfin und gab ihm einen schnellen Kuss.

Sam machte klickende Geräusche, die sich wie ein Lachen anhörten. Die beiden Delfine schnatterten einen Augenblick lang miteinander. Dann drehten sie sich um und schwammen elegant davon.

„Tschüss, Sukie! Tschüss, Sam!“, rief Anne ihnen nach.

„Danke!“, rief Philipp.

Die Delfine sprangen in die Luft und landeten dann mit einem lauten Platschen wieder im Wasser. Philipp und Anne lachten und blickten ihnen nach, bis sie verschwunden waren.

Philipp nahm seinen Rucksack vom Rücken. Vor lauter Wasser konnte er kaum etwas sehen.

„Was machen wir nun?“, fragte Anne.

„Wir kehren nach Hause zurück“, sagte Philipp.

„Aber wir haben Morgans Rätsel noch nicht gelöst“, gab Anne zu bedenken.

Philipp seufzte. Er holte sein Notizbuch aus dem Rucksack. Es war total durchnässt. Dann zog er den Ozeanführer heraus. Auch der war pitschnass.

„Wir haben es nicht geschafft“, sagte er traurig. „Jetzt können wir doch nicht zu Meister-Bibliothekaren ernannt werden.“

Er stand auf. Dann ging er über das rosafarbene Riff auf das Baumhaus zu. Anne folgte ihm.

„Autsch!“, rief sie plötzlich.

„Was ist passiert?“ Philipp blickte zurück.

„Ich bin auf eine Muschel getreten.“ Anne bückte sich und rieb ihren Fuß. Sie hob eine große graue Muschel auf. „Mann, die fühlt sich vielleicht rau an. Rau und grau ist sie, wie ein Stein …“

„… und unscheinbar!“, flüsterte Philipp. „Hurra, wir haben des Rätsels Lösung gefunden!“

„Wie kann diese Muschel die Lösung unseres Rätsels sein?“, sagte Anne verblüfft. „In dem Rätsel hieß es doch: In mir liegt große Schönheit versteckt.“

„Warte – ich muss nachlesen“, sagte Philipp. Vorsichtig schlug er den tropfnassen Ozeanführer auf. Er entdeckte das Bild einer grauen Muschel und las vor:

In tiefen Gewässern suchen Taucher nach Austern, die manchmal jedoch auch an Riffe oder Strände angespült werden. In einigen Austern ist eine Perle versteckt.

„Darin muss eine Perle sein!“, rief Philipp.

Anne spähte durch den schmalen Spalt zwischen den beiden Muschelhälften. „Ich kann nichts sehen“, sagte sie. „Und überhaupt, wie soll die Perle da hineinkommen?“

Philipp las weiter vor:

Wenn ein Sandkorn ins Muschelinnere gelangt, stört das die Auster so sehr, dass sie das Sandkorn mit Perlmutt umhüllt. Auf diese Weise entsteht eine Perle.

„Ich kann nicht sehen, ob da eine Perle drin ist oder nicht“, sagte Anne. „Vielleicht sollten wir sie gegen einen Felsen schlagen“, schlug Philipp vor.

„Was? Das würde die Auster erst recht stören!“, widersprach Anne empört. „Ich finde, wir sollten sie in Ruhe lassen.“

Behutsam legte sie die Auster wieder ins Wasser.

„Aber woher sollen wir jetzt wissen, ob ‚Auster‘ tatsächlich die richtige Lösung für unser Rätsel ist?“, fragte Philipp.

„Morgan hat gesagt, wir würden es erfahren“, antwortete Anne. „Komm schon.“

Sie kletterten durch das Fenster in das Baumhaus. Morgans Schriftrolle lag ausgebreitet auf dem Boden.

„Schau!“, rief Anne. Sie und Philipp starrten auf die Schriftrolle. Das Rätsel war verblasst. An seiner Stelle schimmerte in silbernen Buchstaben ein einziges Wort:

Auster

„Wir haben es gelöst!“, jubelte Philipp.

Anne nahm das Pennsylvania-Buch in die Hand. „Jetzt sollten wir aber nach Hause zurück!“

Sie schlug das Buch auf und deutete auf das Bild von Pepper Hill. „Ich wünschte, wir wären dort!“, rief sie.

Wind kam auf.

Das Baumhaus begann sich zu drehen.

Der Wind blies immer stärker und stärker.

Dann war alles wieder still.

Totenstill.

Der wahre Schatz

Die Strahlen der Morgensonne fielen schräg in das Baumhaus.

Seit ihrer Abreise war keine Sekunde vergangen.

„So, das erste Rätsel haben wir gelöst“, sagte Philipp zufrieden. „Bleiben nur noch drei.“

„Ich sehe aber keine andere Schriftrolle“, sagte Anne. „Vielleicht erfahren wir morgen das nächste Rätsel.“

„Soll mir recht sein“, sagte Philipp. „Im Moment brauche ich etwas Zeit – zum Trocknen.“

Sein T-Shirt und seine Shorts waren noch immer feucht. Sein Rucksack auch. Nur seine Schuhe und Socken waren trocken.

„Und das hier muss auch trocknen“, sagte Anne. Sie legte den Ozeanführer an eine sonnige Stelle.

Dann kletterten Philipp und Anne die Strickleiter hinunter. Sie gingen durch den Wald, bis sie in ihrer Straße ankamen.

„Eigentlich hätten wir die Lösung gleich finden können“, sagte Philipp. „Die Auster lag ja die ganze Zeit schon auf dem Riff.“

„Ich weiß, aber dann hätten wir nicht so viel Spaß gehabt“, antwortete Anne.

„Spaß?“, rief Philipp aus. „Wir wurden beinahe von einem Riesenkraken zerquetscht und von einem Hai gejagt!“

„Du vergisst die Delfine“, sagte Anne.

„Stimmt“, gab Philipp zu. Die Delfine machten alles wieder gut.

„Ich glaube, sie waren der wahre Schatz, den wir entdeckt haben“, sagte Anne.

Die Kinder gingen die Stufen zu ihrem Haus hinauf und öffneten die Tür.

„Wir sind wieder da!“, rief Anne.

„Habt ihr auch aufgepasst und keine nassen Schuhe bekommen?“, rief ihre Mutter.

„Klar, sie sind völlig trocken!“, rief Philipp zurück. Dann schlichen sich die beiden Geschwister leise die Treppe hinauf, um sich umzuziehen.

Mary Pope Osborne lernte schon als Kind viele Länder kennen. Mit ihrer Familie lebte sie in Österreich, Oklahoma, Florida und anderswo in Amerika. Nach ihrem Studium zog es sie wieder in die Ferne und sie reiste viele Monate durch Asien. Schließlich begann sie zu schreiben und ist damit außerordentlich erfolgreich.
Bis heute sind schon über fünfzig Bücher von Mary Pope Osborne erschienen. *Das magische Baumhaus* ist in den USA und in Deutschland eine der beliebtesten Kinderbuchreihen.

Jutta Knipping, geboren 1968, hat erst eine Ausbildung zur Druckvorlagenherstellerin absolviert, bevor sie in Münster Visuelle Kommunikation studierte. Schon während ihres Studiums hat sie erste Bücher illustriert. Mittlerweile ist sie freiberuflich als Grafikdesignerin und Illustratorin tätig. Jutta Knipping lebt mit ihrem Mann und zwei Kindern in der Nähe von Osnabrück und lässt sich von ihren Katern Leo und Micki gern bei der Arbeit zugucken.

Das magische Baumhaus

Band 1
ISBN 978-3-7855-3591-2

Band 2
ISBN 978-3-7855-3592-9

Band 52
ISBN 978-3-7855-8506-1

Band 53
ISBN 978-3-7855-8801-7

Loewe
Das will ich lesen!